Profecia: Uma Mensagem Para a Humanidade

Rowan Knight

Published by 22 Lions Bookstore, 2019.

Sumário

Direitos Autorais

Sobre a Editora

Sobre a 22 Lions Bookstore:
www.22Lions.com
Facebook.com/22Lions
Twitter.com/22lionsbookshop
Instagram.com/22lionsbookshop
Pinterest.com/22lionsbookshop

Introdução

Existem momentos na vida em que a lógica não parece corresponder a nenhuma expectativa possível e o que acontece pode ser visto tanto como normal quanto surreal e, ainda assim, fora de uma realidade anormal, pensamos em algo que não pode ser possível. E depois, recusamos a verdade porque, sendo verdade, espalha pânico em massa e, não sendo, leva-nos ao ridículo.

25 de janeiro de 2013 foi o dia em que o misterioso refletiu sobre minha vida, através de um homem que poderia ter sido eu mesmo de um outro período. Se a lógica é feita a partir da realidade que normalmente sentimos, então é quando nossa realidade muda que somos guiados a um novo paradigma de observações.

Enquanto estava sentado e observando a francesa, a algumas mesas de distância, escrevendo compulsivamente em seu guardanapo, sabia que não era tão importante entender por que ela nem olhou para o meu rosto quanto por que ela estava escrevendo no guardanapo. Mas verdadeiramente intrigante é a conversa que se segue entre dois homens. Um deles sou eu e o outro não tenho ideia de quem ele possa ser. E é por isso que esta descrição, apesar de compartilhar informações sobre um futuro muito realista e probabilístico para a humanidade, um futuro que deveríamos conhecer, nunca pode ir além de uma especulação pessoal.

Capítulo Um - Um Café em Paris

Estou em Paris, no dia 25 de janeiro de 2013, e está um dia muito frio lá fora, apesar de não chover. Algo dentro de mim me diz que deveria ficar sozinho e sigo meu instinto, indo a uma cafeteria nas proximidades.

Há momentos na vida em que a lógica é feita a partir da realidade que geralmente sentimos e é quando nossa realidade muda para nos guiar a um novo paradigma de observações.

Enquanto sento e observo a linda garota francesa, a algumas mesas de distância, escrevendo compulsivamente em seu guardanapo, sei que não é tão importante entender por que ela nem olhou para o meu rosto, como por que ela está escrevendo no guardanapo. Pessoas estranhas com comportamentos estranhos, devo dizer. Mas não tão estranhas quanto as idéias que me surgem quando não tenho um caderno para anotá-las.

O garçom se aproxima e peço um café expresso, apesar de já estar na hora do almoço. Eu não estava com fome, mas esperando com o meu laptop o corpo me dizer quando era a hora de comer. Verifiquei o YouTube pela primeira vez em meses, depois de me mudar para a China comunista, onde o país mais populoso do mundo não consegue acessar sites pornográficos. Eu me pergunto o que aconteceria com o mundo se eles pudessem.

Enquanto me submerjo em pensamentos que me distraem, um homem entra, usando um chapéu como o meu; e notei, depois de pedir meu café expresso, que ele não conseguia parar de me olhar.

Seu cabelo era branco e seu rosto era bastante velho e inocente, mas também muito desajeitado, como se ele tivesse vindo de outro século, talvez uma máquina do tempo que o mandasse para o futuro para fazer com que pessoas como eu pensassem no significado do presente. Mesmo que sua aparência seja madura e seus olhos muito profundos, não conseguia parar de senti-lo como alguém muito estranho. Algo dentro de mim estava me dizendo que ele simplesmente não pertencia aqui.

No entanto, é Paris, onde os esquisitos de todo o mundo podem voltar a se sentir normais, pelo menos uma vez na vida. E conheci muitas pessoas como ele antes. Mas não conseguia parar de encarar esse homem, mesmo que tentasse não ser notado. De fato, muitas pessoas me descreveram de maneira semelhante, mesmo que não reconheça isso ao me ver no espelho.

Eu estava apenas tentando respeitar a privacidade dele, pois muitas vezes desejo que as pessoas respeitem a minha. Estou cansado de viajar para a Suíça, Turquia e Portugal e ser tratado como um terrorista muçulmano. Pelo menos na França, eles me trataram com dignidade, acredito, e certamente, graças à quantidade de muçulmanos que moram aqui. E, no entanto, eram essas reflexões do que vemos ou observações do que desejamos ver? Misteriosa é a mente do homem misterioso, e mais ainda é quando ele acredita em seu coração que sua normalidade é única em um mundo insano.

Este homem, na minha frente, estava vestido de preto e com duas medalhas no peito - cada uma com símbolos que não consegui reconhecer, mesmo com todos os anos de estudo nas sociedades religiosas mais exclusivas.

Ele começou a olhar para mim e a evitar quando olhei para ele. Mas uma vez que sua bebida chegou, ele se aproximou de mim:

— "Posso sentar aqui?", Ele perguntou, apontando para a minha mesa.

— "Claro!", Respondi, sem muita certeza do que dizer.

Eu não tinha motivos para recusar. E ele foi direto ao ponto:

— "Você é quem eu penso que é?

Eu acho que ele não poderia ter começado de uma maneira pior, porque eu sempre quis acreditar que as pessoas sempre me encaram porque eu pareço diferente e não porque elas podem me reconhecer. O destino está longe, e queria saber o que desta vez tinha para me oferecer, pelo que decidi manter minha honestidade com esse homem e prosseguir com a conversa.

Capítulo Dois - Dois Homens de Preto

Aqui estávamos nós, dois homens vestidos de preto, com um chapéu preto do século passado, em uma cafeteria no meio de Paris, em pleno século XXI, parecendo que nos conhecíamos há muito tempo, vestindo o meu estilo de roupa, e até parecendo gêmeos. Mas eu estava me sentindo mais perdido do que o dono daquele estabelecimento, pensando com seus olhos sobre o que poderíamos estar conversando.

— "Sim!", Respondi à sua pergunta, sem ter, de fato, nenhuma escolha para mentir.

— "Eu li um dos seus livros! Muito interessante mesmo! ", Ele continuou.

— "Ah, que legal!", Respondi com um tom sarcástico, de alguma forma entre surpresa e indiferença. Fiquei mais curioso sobre o que viria a seguir e realmente não estava interessado em nenhum reconhecimento.

Enquanto olhava para o relógio, sem se surpreender com a minha falta de feedback emocional, continuou:

— "Não tenho muito tempo! Tenho que pegar o trem para a Suíça em breve, mas quero compartilhar algo com você, que pode permitir que escreva outro livro!", Ele disse, num tom que me fez sentir apreensivo e vigilante, pois senti que não estava sendo completamente honesto sobre seu comentário.

— "Por favor, continue!", Eu disse calmamente, sem saber se realmente deveria me importar com isso.

Eu tive muitas experiências estranhas na minha vida e não é a primeira vez que alguém como ele tenta me atacar e até me matar, portanto aprendi a ter o sangue frio de uma cobra e o instinto de um lobo ao lidar com essas pessoas.

— "Tailândia...!", Ele começou, me fazendo sentir agora que seria apenas mais um lunático compartilhando suas idéias malucas, procurando alguma promoção através de mim. Mas o que estava prestes a ouvir a seguir foi muito além do que jamais poderia esperar, me mudando de maneira significativa.

— "... Foi aí que eles aprenderam a controlar o corpo para controlar a mente; porque, para saber como comandar, você deve aprender a obedecer, e é assim que eles transferiram o que viram sendo feito para bebês elefantes para seres humanos; essa é a fonte dos estudos de Pavlov; Então, quem não obedece, é discriminado e levado à exclusão e à criminalidade."

— "Uau!", Eu reagi, sentindo como se meu cérebro tivesse sido esmagado contra uma parede.

Eu tive que, no entanto, encontrar uma maneira de controlar a conversa.

— "Por favor, ajude-me a entender melhor o que você está falando, para que eu saiba como anotá-lo em um livro".

— "Certo! Permita-me continuar! ", Ele persistiu. — "O propósito é ser causa ao longo da vida, e o propósito também é fazer o ser humano tornar-se efeito de um circuito ou sistema. Então, aqui chegamos à religião, que promove o efeito como algo bom; obedecer como bom, desobediência como ruim e identidade como algo inaceitável; mas também nos ensina sobre nosso status social e os papéis que desempenhamos, como algo maravilhoso. A loucura, portanto, se torna algo que ocorre sempre que uma pessoa aceita ser vítima de seu destino e recusa qualquer responsabilidade por ele."

— "Por favor, continue!", Acrescentei, completamente perdido com isto tudo, mas sabendo que em breve entenderia o que ele estava tentando me passar.

— "Se promovermos a capacidade de desenvolver uma criação e tornar a mente humana capaz de fazê-lo, a memória e a saúde mental melhoram; então a criatividade é suprimida da educação. Você não consegue mais pensar fora do paradigma previsível quando isso acontece. Você não pode dizer o inaceitável, não pode sonhar ou imaginar. Se você começa a sonhar e a ser criativo, não pode prestar atenção na sala de aula e lhe são dados remédios para suprimir esse comportamento."

— "Do que você está falando?", Perguntei, sentindo-me frustrado por não poder ver toda a imagem de sua explicação.

PROFECIA: UMA MENSAGEM PARA A HUMANIDADE

— "Demora mais de uma vida para controlar uma pessoa ao nível de insanidade em que ela não tem mais controle sobre si mesma, e mesmo sua reação pode ser atribuída à mesma fonte. Veja bem, o conceito de mente aberta é uma pessoa capaz de ir além de sua bolha de escravidão psicológica, mas quando as pessoas acreditam que são de mente aberta e justificam isso com uma perspectiva dentro da bolha, aumentam os efeitos do sistema neles", Explicou.

Enquanto separava os braços, como se fosse dar um tapa no meu rosto para me acordar do meu sentimento de dormência, ele então levantou a voz:

— "É por isso que é legal ser estúpido, é legal tomar drogas, é legal ser sexualmente promíscuo, é legal acreditar em certas coisas, enquanto seguem o que devem seguir. É legal seguir um certo paradigma que define a aceitação social. É legal ser popular seguindo à frente das massas o que elas já acreditam. E assim, meu amigo, a pessoa legal, o líder, é o maior fantoche de todos. E ... ", Ele parou, aproximou-se do meu rosto, abaixou a voz, para não atrair a atenção das três pessoas próximas a nós e prosseguiu: — "... E ele faz o melhor trabalho de todos! Ele é o rei escravo dos escravos e acredita ser parte da elite, acreditando ser VIP, famoso e de mente aberta. Mas ... ", E ele não me deu a chance de interromper, pensei. — "... Mas tudo o que ele é representa o nível mais baixo da hierarquia; e é por isso que eles sofrem mais de depressão do que qualquer outra pessoa. Eles são mais loucos do que qualquer outra pessoa; e eles dependem dessa insanidade para viver. E é por isso que eles são tão especiais para a elite real, se escondendo na escuridão de suas almas. Eles são os demônios que os humanos mais temem."

Ele parou por cinco segundos, olhou nos meus olhos e terminou sua explicação:

— "Adoramos demônios; não estrelas de cinema ou cantores e escritores."

— "Bem, me diga algo que ainda não sei", Falei, sentindo-me entediado.

Capítulo Três - Como o Mundo é Enganado

Tentei terminar essa conversa, pois parecia que esse homem estava imaginando a maior parte do que estava dizendo.

— "As pessoas tendem a replicar o que acreditam e acreditam no que vêem."

Ele apontou o dedo para mim, enquanto diminuía o volume da voz e disse:

— "A televisão é a maior arma contra o livre arbítrio e o determinismo individual, porque impede a capacidade das pessoas de sonhar e imaginar um mundo novo, hipnotizando-as com um mundo de competição, agressão e raiva, prendendo-as nos pensamentos mais primitivos, como Pavlov queria. Foi isso que Freud e Pavlov realmente nos deram através de suas teorias. Agora, todos nós queremos aliviar essas emoções, queremos esquecer aquelas imagens fortes, por isso trabalhamos mais e fornicamos mais. Isso é o que eles nos deram, atitudes animalescas para nos tornar subdesenvolvidos em apenas alguns anos, tirando de nós o que levou milhões antes para se desenvolver. E então eles dizem que a lei da atração não existe, e você escreveu bem sobre isso em seus livros, mas você não sabe que quando os humanos acreditam nela, eles acabam usando-a para fortalecer o sistema, atraindo mais dinheiro e mais sexo, mais relacionamentos, famílias mais fortes, felicidade dentro de um mundo insano e, na raiz de um vasto sistema de filiais, proporcionando estabilidade dentro de algo que não deveria ser estável."

Ele então tocou meu braço com sua mão firme, para ter certeza de que eu ouvia e continuou:

— "Uma prisão espiritual ... a lei da atração está sendo dada para que os humanos possam usar todo o seu novo potencial espiritual nesta Era de Aquário para aprender a apreciar sua prisão espiritual. Portanto, a lei da atração foi autorizada, não suprimida, para aprofundar esta esquema. Embora, quando usada adequadamente, sirva para exigir de um deus, do ponto de vista da vítima, o que é ainda pior: eventualmente, as pessoas pobres ao nosso redor falham em aplicar a lei da atração porque não conseguem sair do paradigma, da prisão em que estão; portanto, elas não podem atrair algo além do que podem aceitar, e esse é o mistério desta lei, pois agora ela está sendo recusada e rejeitada pelas massas que uma vez a aceitaram. Se seguissem a lei, ficavam mais ricos e poderosos. Conseguiriam os relacionamentos que queriam. Mas seriam mais espirituais? Ah, não! Eles não entenderam! Eles usaram isso para reforçar sua prisão espiritual. Isso acontece porque a lei da atração é uma lei de consequências. Se você acredita, consegue o que quer, mas se suas crenças são lhe dadas, suas realizações ainda são previsíveis. Você não é livre! Você pode até se tornar financeiramente livre, mas ainda é um escravo. E você diz então que: "A Lei da Atração me fez alcançar meus sonhos", e um dia você morre, todos os outros recebem esses sonhos e você renasce novamente, sem se lembrar do conhecimento e dentro do mesmo nível de karma que ainda não aprendeu a superar. E você esquece a maravilhosa experiência de ser rico e nasce pobre de novo, porque, em primeiro lugar, não entendeu o que o tornou pobre. Você mudou uma vida, não o espírito em sua manifestação eterna."

Capítulo Quatro - Como Manifestamos Nosso Futuro

Eu tive que pedir um copo de água, pois senti que havia muita informação para absorver, mesmo que estivesse realmente interessado na conversa. Tentei criar um equilíbrio aqui, para garantir que o velho não estivesse me enganando:

— "Para que algo aconteça, você precisa consentir primeiro."

— "Sim, e você consente o mal da sua vida quando o aceita como normal e previsível; e você também consente o bem em sua vida da mesma maneira. Quanto mais você visualiza algo possível, mais possível se torna. Você cria sua vida com vontade", Ele disse, enquanto me fazia sentir como se tivesse lido nos meus livros e imaginado o resto em sua mente.

— "Acho que escrevi sobre isso!", Eu disse a ele, permitindo que visse que não confiava mais nas palavras dele. Mas ele insistiu:

— "Você deve permitir que uma pessoa o ajude a destruir o ódio, mas se as pessoas não têm permissão para ajudar, o ódio um pelo outro aumenta. As pessoas querem destruir quem elas não podem ajudar. Portanto, a elite promove a ajuda como destrutiva, egoísta ou com o objetivo de roubar, diminuir a disposição de receber ajuda ou aumentar o risco de ajudar alguém que possa nos trair; e toda vez que somos traídos, essa crença aumenta. Mas não podemos mais ver a ajuda, porque perdemos a capacidade de reconhecê-la e crescemos sendo egoístas e com o conceito de ajuda como associado à traição. Ajudamos a alcançar algo, destruir alguém ... e, ao fazê-lo, perdemos o propósito de nossa vida, porque, se não podemos ajudar os outros, não podemos sentir alegria por estarmos vivos. É assim que a depressão chega até nós. Pessoas depressivas rejeitam ajuda e realmente não podem ajudar ninguém. As pessoas matam e roubam quando não conseguem trabalhar, ficam com raiva e revoltam-se quando não conseguem trabalhar, porque é assim que ajudam a sociedade. Uma criança pequena enlouquece sem a capacidade de ajudar seus pais. Então, o que os governos estão realmente fazendo apoiando a conspiração para destruir a economia mundial? Eles estão criando desemprego, para promover revoluções, que depois destroem os sistemas através do próprio povo, para que mais tarde possam apresentar uma solução que esses mesmos indivíduos receberão como melhor, mesmo que isso tenha sido previsto o tempo todo. As pessoas querem emprego, dinheiro para sustentar sua família e muito mais. Portanto, o governo apresenta uma solução para isso, oferecendo a eles um mundo alternativo no qual não precisam de dinheiro, mas apenas um chip, e seu trabalho é suportado com créditos. Quanto mais eles fazem, mais créditos recebem. Trabalhar ou, em outras palavras, ajudar, compensa e as pessoas estão novamente muito felizes com seus governos, enquanto usam um microchip que permite controlar todos os seus movimentos. Com essa solução em mãos, os governos seguem seu plano de controlar a população à distância, monitorando seus pensamentos e ações. A criminalidade diminui, a felicidade aumenta, enquanto o tempo todo o mundo se coloca mais dentro de um sistema de escravidão sem reconhecê-lo. Pensamentos e emoções são monitorados, controlados e manipulados, e essa é a forma suprema de escravidão que teremos eventualmente. Com essa implementação, algo semelhante ao que acontece na China comunista pode começar a ocorrer em grande escala, com uma inquisição assumindo alvos seletivos que se opõem a essa ordem, começando naturalmente pelas ordens religiosas, especialmente aquelas que promovem rebelião e recusa em cooperar com tal plano."

Capítulo Cinco: O Fim do Mundo

Fiquei surpreso com o seu nível de conhecimento e tive que perguntar:

— "Como você sabe tudo isso?"

— "Você não vê?", Ele perguntou perplexo. — "Eu venho do futuro para entregar a você esta mensagem, porque não resta muito tempo. Eu já sabia que você estaria aqui hoje, neste mesmo café. Eu já estava esperando por você quando você chegou.

— "Como você pode saber disso? Eu não sou ninguém neste mundo? ", Perguntei a ele confuso sobre suas palavras.

— "Não, meu amigo, você não é", Respondeu ele, ajeitando-se e reclinando-se para trás. — "Agora não é importante, pelo menos! Mas você é um escritor, e escritores têm poder em suas palavras. Você vai mudar este mundo com seus livros, e eu sei disso. Por isso estou aqui. Você vê, eu sou você. É por isso que eu sabia que você estaria aqui hoje. Porque esta data será escrita no livro que você publicará sobre a nossa conversa."

— "Mas como vou mudar o mundo?", Perguntei.

— "De um jeito ou de outro, você será famoso. E estou usando a quantidade extrema de reputação que você ganhará no futuro para mudar o passado. Porque me deram permissão para fazê-lo. E talvez, apenas talvez, você perca sua popularidade publicando minhas palavras e mudando o mundo, mas pelo menos sacrificará sua própria fama pelo futuro da humanidade."

— "Por que isso é tão importante?", Continuei perguntando, sem saber a importância do meu papel escrevendo um livro sobre essa conversa. E ele disse:

— "Depois de todas essas mudanças, haverá algo chamado de Conselho de Relações Exteriores e Inquisições. E, como nos séculos passados, com a Inquisição Católica, este grupo começará a aniquilar muitas pessoas. E é aí que começa a verdadeira catástrofe, pois perderemos muitos artistas, escritores e pensadores em geral. O mundo se tornará um lugar muito triste para se viver para qualquer um. Até perderemos a liberdade de pensar, criar e ter opiniões."

— "Quando essa inquisição ocorrerá e onde?", Perguntei-lhe agora, tentando saber mais; mas parecia que havia perdido a chance de fazer as perguntas certas, pois ele olhou para o outro relógio, enquanto o pegava, de dentro do bolso, antes de me responder de qualquer maneira, e me pareceu, a menos que não estivesse bem em meu cérebro, que aquele outro relógio que ele tinha, estava correndo em outra velocidade, nada normal.

Capítulo Seis: Um Pensamento Final

Ele pegou minha mão, e respondeu pacificamente:

— "Sinto muito, meu amigo, mas preciso ir agora" e, ao dizer isso, acenou para o garçom pela conta, pagando a minha e a dele.

Eu não sabia o que dizer a seguir, e antes que tivesse a chance de dizer alguma coisa, ele tocou meu ombro e se despediu:

— "Foi bom conversar com você, meu amigo. E, por favor, confie em si mesmo, porque eu sei que você pode se tornar eu, como eu era você."

Com essas palavras finais, percebi que ele era realmente eu, mesmo que não pudesse reconhecê-lo antes.

Fiquei quieto, pensando no que ele tinha acabado de me dizer, realmente muito em um curto período de tempo, enquanto ele colocava o chapéu preto e saía com um sorriso no rosto e uma descrição máxima.

Depois disso, terminei meu café e fui passear perto de Notre Dame. E então vi muitos carros da polícia e um helicóptero patrulhando a área. Coincidência? Eles estavam procurando pelo meu amigo? Eu acho que nunca vou saber. Mas fui para a Suíça depois daquele dia.

Os muitos olhares suspeitos que senti ao chegar a Berna me fizeram acreditar que não era bem-vindo. Mas nunca tinha estado lá antes. Seria porque meu rosto era conhecido? Ou porque parecia meu avô, um ex-espião na Suíça que morreu sem nunca contar a ninguém a verdade sobre para quem ele estava trabalhando ou onde sua fortuna estava escondida? Qualquer que tenha sido a razão que me deixou desconfortável com esse comportamento, provavelmente atribuído ao racismo, terminei os três dias seguintes em uma pequena e tranquila vila perto de Berna, alimentando patos e gatos no meu tempo livre e relaxando minha mente.

Nunca mais vi aquele homem e me perguntei se viajaria para a Suíça, mas em um período diferente. Também me perguntei se voltaria à França no futuro para me encontrar neste passado. Fiquei me perguntando se ele era, de fato, eu.

Penso que poderia ter compartilhado essa história com outras pessoas, mas pouco elas poderiam entender ou acreditar.

Decidi que é muito melhor, para minha privacidade e a mente dos outros, escrever a história e publicá-la como ficção. E foi o que fiz durante aqueles dias tranquilos na vila suíça.

Pedido de Revisão

Caro leitor, Obrigado por adquirir este livro! Eu adoraria saber sua opinião. Escrever uma resenha de livro ajuda a entender os leitores e afeta as decisões de compra de outros leitores. Sua opinião importa. Por favor, escreva uma resenha! Sua gentileza é muito apreciada!

Lista de Livros

Livros escritos pelo autor:

Agne: Na Mente de Uma Narcisista

Desencanto: Poemas de Rowan Knight

Destino: Quando Encontramos a Alma Gêmea

Escravo: Cumprindo Uma Profecia

Inumana: Cartas Para Uma Narcisista

Profecia: Uma Mensagem Para a Humanidade

Quimera: Quando Uma Ninfomaníaca Se Apaixona

Uma Chance: 20 Histórias Curtas, Imprevisíveis e Com Uma Lição Moral

About the Publisher

This book was published by the 22 Lions Bookstore.
For more books like this visit www.22Lions.com.
Join us on social media at:
Fb.com/22Lions;
Twitter.com/22lionsbookshop;
Instagram.com/22lionsbookshop;
Pinterest.com/22LionsBookshop.